Ralf Neubohn

Hof-Gala für Fee, Einhorn und Kamel

Neues von Alpaka und Lama

Ralf Neubohn

Hof-Gala für Fee, Einhorn und Kamel

Neues von Alpaka und Lama

Bibliografische Information der Deutschen Nationalbibliothek
Die Deutsche Nationalbibliothek verzeichnet diese Publikation
in der Deutschen Nationalbibliografie;
detaillierte bibliografische Daten sind im Internet
über www.dnb.de abrufbar.

Herstellung und Verlag: BoD – Books on Demand, Norderstedt

ISBN: 978-3-7557-1419-4

Dieses Buch ist allen Tierfreunden gewidmet.

Inhalt

Vorwort

Liebe Leser und Leserinnen,

auf unserem magischen Hof geben sich heute zwei ganz besondere Besucher die Ehre: Eine schüchterne Fee und ihr zauberhaftes Einhorn. Zusammen mit den Hofbewohnern erleben sie viele magische Abenteuer.

Viel Spaß beim Lesen!

Ihr Ralf Neubohn

Das blonde Mädchen

An einem Morgen fiel der Hexe Kleckselinchen ein besonders schüchternes, kleines Mädchen auf. Zusammen mit anderen Besuchern fütterte es die Tiere.

Irgendetwas stimmte mit der Kleinen nicht. Das Mädchen wirkte ein bisschen zu sehr verhalten, als wolle es um keinen Preis Aufmerksamkeit erregen.

Die junge Hexe Kleckselinchen sprach die Kleine an: „Du bist eine Fee!"
Erstaunt erkundigte sich das Mädchen: „Woher weißt Du das? Wirke ich nicht unscheinbar genug?"
Kleckselinchen erklärte: „Um ehrlich zu sein: Du wirkst viel zu unauffällig. Außerdem kann ich Deine positiven Feenschwingungen spüren."

Die anderen Besucher freuten sich darüber, dass die zwei jungen Mädchen so schnell Freunde wurden. Ihre Begeisterung wäre schnell verflogen, wenn sie gewusst hätten: Da plaudern eine Hexe und eine Fee!

Sir Ralphus

Der sehr alte Zauberer Sir Ralphus kam hinzu und fragte die kleine Fee: „Hallo! Auch zu Besuch hier? Bist Du mit dem Bus gekommen?"

Die Fee erwiderte nervös: „Nein, ich bin hergeritten!" Als sie Sir Ralphus erstaunten Blick sah, wusste die Kleine, dass die Antwort ein großer Fehler war.

Prompt kam es auch von Sir Ralphus zurück: „Geritten? Aber auf unserer Pferdewiese habe ich kein neues Pferd gesehen! Wo hast Du es denn gelassen?"

Die Fee errötete: „Tja, es ist auf der Wiese beim magischen Alpaka und dem Lama."

Wissend nickte Sir Ralphus mit dem Kopf: „Habe ich mir doch gedacht! Du bist zu süß, um echt zu sein. Du bist eine Fee, nicht wahr?"

Tja, mit dem Wahren des Geheimnisses schien es nicht gut zu klappen. Als Nächstes erschienen die beiden Hofbesitzer. Oh, je! Auch die noch!

Das Reittier

Die Hofbesitzer begrüßten alle freundlich: „Hallo Ihr zusammen! Wir kommen gerade von der Wiese, da ist ein seltsames Tier. Sowas haben wir noch nie gesehen."

Kleckselinchen blickte die wieder errötende Fee verständnisvoll an. Zusammen liefen sie alle zur Wiese. Neben dem Alpaka Alpakalinle und dem Lama Larrylinchen stand ein Horntier. „Seltsam, oder?", erkundigten sich die Hofbesitzer.

Die scheue Fee brachte kein Wort heraus. Sir Ralphus rette die Arme: „Ach, das ist eine Gazelle. Vermutlich bei einem Wanderzoo ausgebrochen. Wie der Panda, der ja auch auf unserem Hof lebt."

Mit dieser Auskunft zufrieden, gingen die Hofbesitzer wieder. Die Hexe meinte trocken: „Als Du sagtest, Du seist hergeritten, dachten wir uns es schon."

Sir Ralphus fügte hinzu: „Ein sehr schönes Einhorn. Ihr zwei passt gut zu unserem magischen Hof. Schade, dass der Drache Qualmchen gerade nicht da ist, mit dem zusammen hätten wir jetzt eine Art magischen Galatag vor uns."

Kleckselinchen seufzte: „Da hat die Fee Glück gehabt! Der kleine Zwergdrache ist zwar sehr süß, aber völlig chaotisch!"
Dies war übrigens dasselbe, was der Drache über die junge, schusslige Hexe dachte!

Und nun?

„Warum bist Du hergekommen?", wollte Kleckselinchen wissen.
Äußerst schüchtern trat die kleine Fee von einem Fuß auf den
anderen, wusste nicht wohin mit ihren Händen. „Nun, ja", flüsterte
sie besonders scheu: „In meinem Feenreich lesen alle die Bücher
von Euren Abenteuern. Ich dachte früher immer, Ralf Neubohn habe
die Geschichten über Euch erfunden. Aber eines Tages erklärten mir
einige Feen, dass alles auf Wahrheit beruht. Von Neugier getrieben
bin ich sofort auf meinem Einhorn hergeeilt. Vor allem wollte ich
die kleine, schusslige He..."

„Hexe kennenlernen", vollendete Kleckselinchen den Satz.
„Warum bloß?"
„Tja, weil wir uns manchmal so ähnlich sind. Ich bin manchmal
auch so ungeschickt."
Sir Ralphus berichtigte: „Nun, wenn Du manchmal ungeschickt
bist, hast Du keine Ähnlichkeit mit Kleckselinchen. Die ist nämlich
immer ungeschickt, aber dennoch liebenswert. Willkommen auf
dem Hof kleine Fee!"

Kleckselinchen murmelte verärgert: „Ich bin gar nicht ungeschickt"
und stolperte über einen Wassereimer.

Das Gespräch

Während die menschlichen Wesen sich unterhielten, sprachen die drei Tiere ebenfalls angeregt miteinander. „Wie wichtig die sich wieder machen. Typisch Menschen! Hauptsache Ihr seid hier bei uns und wir haben viel Spaß miteinander." Das Einhorn gab dem Alpaka Recht. Während die drei gemütlich grasten, erzählten sie sich lustige Geschichten über ihre jeweiligen Menschen. Vergnügt kicherten alle drei vor sich hin und lauschten nebenher den Menschen, die wie so oft alles viel zu genau nahmen.

„Die sind halt alle etwas kompliziert", gab das Einhorn von sich. „Aber gerade deshalb sind sie auch irgendwie süß."

„Stimmt", ergänzte Larrylinchen, als Kleckselinchen gerade zusammen mit der armen Fee über eine Schubkarre fiel. Gleich und gleich gesellt sich wirklich gern.

Das Kamel

Die Fee ritt auf ihrem Einhorn durch das Hofgelände. Im Außenbereich sahen sie eine Kamelherde. Der Anblick des größten Kamels erschreckte die Fee so, dass sie vom Einhorn fiel.

Das Kamel sprach zum Einhorn: „Zu uns sagt man ‚Du Kamel‘, aber die Menschen sind oft noch viel größere Kamele."

„Sehr wahr", antwortete das Einhorn. „Wie heißt Du?"

Das stärkste der Kamele stellte sich vor: „Ninvy."

Das Einhorn nickte bestätigend. „Der exotische Name passt zu Dir!"

Durst

„Wir haben Durst", jammerte das Einhorn.

Ninvy lud ein: „Kommt mit an den Fluss. Er hat gutes Wasser."

Die drei tranken am Fluss, als Nixen ihnen aus dem Wasser winkten.

Die Nixen riefen lockend: „Kommt, kommt zu uns ins kühle Nass!"

Die Fee wollte schon in den Fluss laufen, als das Kamel ihr den Fuß stellte. „Bleib hier! Diese Nixen sind wie die Sirenen, mit denen schon mancher seine Probleme hatte."

Die Nixen zogen enttäuscht eine Schnute. Schade, doch keine Opfer für sie heute!

Das Grauen

In den Gebüschen raschelte es verdächtig. Die Fee fasste ihren Zauberstab fester, das Einhorn spähte vorsichtig umher. Nixen konnten es nicht sein, denn die lebten ja im Fluss. Was belauerte unsere Freunde dann? Plötzlich brach das furchtbare Grauen aus dem Gebüsch. „Oh, nein!", entfuhr es entsetzt der Fee. Vor Schreck ließ sie den Zauberstab fallen.

Das Einhorn machte sich angriffsbereit gegen den grausigen Feind. Doch es musste nicht mehr eingreifen. Das Kamel trat der Hydra mit den Hinterfüßen so stark in den Bauch, dass diese mit Schwung zu den Nixen in den Fluss stützte.

Die Fee sprach: „Du bist gut mit der gefährlichen Hydra fertig geworden".

„Klar", sprach das Kamel. „Ich bin doch schließlich kein Kamel."

Erkenntnis

Der Fee zitterten noch die Knie, als Alpakalinle und Larrylinchen sich zu ihnen gesellten.

„Na? Amüsiert Ihr Euch gut?", wollte Larrylinchen wissen.

„Nicht übermäßig", erwiderte trocken das Einhorn, während es zusah, wie die Nixen die Hydra unter Wasser zogen.

„Was planscht denn da?", erkundigte sich Alpakalinle. „Delphine?"

„Frage lieber nicht", stellte das Kamel fest. „Lass uns noch etwas am Fluss entlang spazieren."

Der Fee ging es durch den Kopf: „Von spannenden Abenteuern lesen ist viel schöner, als diese selber zu erleben."
Sehr wahr.

Der Snack

Der Fluss mündete in einen großen See. Dort schwamm ein großes Ungeheuer. Ein sehr hungriges Ungeheuer. Es überlegte sich gerade, ob es die Besucher am Uferrand als kleinen Snack verspeisen sollte, als die Hydra den Fluss entlang getrieben kam. Sozusagen auf dem Silbertablett für das Monster. Mit einem „Schlurp!" schluckte das Ungeheuer die Hydra zufrieden.

Den Zuschauern am See standen die Haare zu Berge und das Einhorn sprach der Fee aus der Seele: „Daheim ist es doch am schönsten!"

Das Haus

Die Spaziergänger kamen in einen Wald. Durch diesen liefen viele Trampelpfade von Kobolden, Zwergen und Wölfen.

Vorsichtig liefen unsere Freunde vorwärts. Auf einer Lichtung stand ein kleines Häuschen. Entzückt rief die Fee: „Wie süß! So ein goldiges Häuschen! Wem gehört es denn?"

Alpakalinle erwiderte sehr trocken: „Einer Hexe!"

Seltsamerweise wollten alle das süße Häuschen doch nicht näher besichtigen, sondern lieber zum Hof zurück. Warum wohl?

Fragen

Wieder auf dem Hof angekommen, rasteten unsere Freunde unter einem Baum. Noch vor Angst schlotternd hörte die arme Fee Geräusche aus dem Laubdach des Baumes. Noch eine lauernde Hydra? Kurz vorm Aufschreien erblickte sie etwas Pelziges. „Ein Eichhörnchen?", wollte die Fee wissen.

Larrylinchen schaute kurz hoch und meinte beschwichtigend: „Nur ein Pandabär."

„Ein Pandabär?", wunderte sich die Fee. „Was macht denn ein Pandabär auf einem Hof wie diesem?"

Keck erwiderte der Panda: „Gute Frage. Aber noch eine bessere Frage ist: Was machen eine Fee und ein Einhorn auf einem Hof wie unserem?"

Tja, eine wirklich gute Frage.

Der Panda

In der nächsten Zeit trug die Fee viel den süßen, flauschigen Panda mit sich herum. Oft fragte sie: „Was machen wir jetzt Tolles?" Worauf der Panda immer antwortete: „Füttere mich!" Offensichtlich war er ein besonders süßes Futterdingelchen, wie der abwesende Drache.

Eines Tages nahm die Fee leider den Panda mit ins Hof-Café, ein schwerer Fehler. Denn dieser sprang auf alle Esstische. Schleckte etwas an diesem Kuchen, naschte von jenem Nachtisch und machte sich so ziemlich unbeliebt. „Schäme Dich!", rief die Fee empört.
„Mache ich auch", gab der Panda Naseweis zurück. „Ich bin nämlich nicht mit dem Essen fertig geworden, bevor wir rausflogen."
Oh je, die arme Fee!

Der Brunnen

Nach ihren Erfahrungen am Fluss wollte die Fee an einem tiefen Brunnen ihren Durst stillen. Doch im Brunnen erklangen seltsame Geräusche. Die Fee fragte das Kamel: „Sind da etwa Mäuse drin? Ich ekel mich vor Mäusen! Aus einem Brunnen mit sowas Widerlichem drin will ich nichts trinken!"

„Keine Angst", beruhigte sie Ninvy. „Da sind keine Mäuse drin."

Die Fee beugte sich über den Brunnenrand, als etwas Langes ihr Gesicht streifte. Geschockt kreischte die Arme: „Was war das? Eine Flugschlange?"

Das Kamel meinte tröstend: „Nein, nur die lange Zunge eines der Riesenfrösche im Brunnen."

Seltsamerweise hatte die Fee auf einmal keinen Durst mehr. Warum wohl nicht?

Die Katze

Erschreckt fuhr sie zusammen, als etwas an ihren zitternden Füssen entlangstrich. Doch die Fee beruhigte sich schnell. „Ach, nur eine Katze", schoss es ihr durch den Kopf.

„Miau!", gab ihr die Katze Recht und ließ sich streicheln.

Die Fee sagte zum Kamel: „Schönes Tier. Ich mag Hofkatzen. Die sind so lieb. Während Katzen von Hexen gefährlich sind."

Das Kamel beschwichtigte: „Unsere Hexe hat keine Katze. Aber durch ihre Pannen beim Zaubern ist sie gefährlicher als hundert Hexenkatzen zusammen."

Die Fee lief rot an, denn ihr fielen zahlreiche eigenen Pannen beim Zaubern ein! Z.B. Kuchen zum Geburtstag. Die Kuchen erschienen wirklich. Flogen aber leider allen Gästen klatschend ins Gesicht, statt auf den Teller.

Zauberhaft?

Aufmerksam forderte Ninvy die Fee auf: „Zauber uns doch mal was Süßes!"

Entsetzt wollte das Einhorn „Nein, bloß nicht!" rufen, doch es kam zu spät. Die Fee murmelte einen Süßlichkeitszauber, der etwas Niedliches bewirken sollte. Tatsächlich geschah auch etwas. Alle Tiere hatten auf einmal süße Ringelschwänzchen wie die Schweinchen. Nervös ballte die Fee die kleinen Fäuste und sprach einen anderen Süßlichkeitszauber. Nun besaßen alle Tiere außer Ringelschwänzchen auch noch lange, flauschige Hasenöhrchen.

Larrylinchen stöhnte: „Diese junge Fee zaubert so chaotisch wie Kleckselinchen. Oh, weh!"

Stimmt! Doch was jetzt? Die armen Tiere konnten doch so nicht rumlaufen, jeder hätte sich über sie totgelacht.

Idee?

Knallrot vor Verlegenheit startete die Fee einen ‚Reparaturzauber‘. Der hatte es nun wirklich in sich. Alle Tiere schwebten nun wie Luftballons umher. Besucher des Hofes sahen dies voller Begeisterung: „Ach, wie süß!" Nur die Tiere fanden es nicht im geringsten süß. Was tun? Kleckselinchen wollte niemand um Hilfe bitten. Wer wusste schon, was dann Furchtbares geschah? Ihre Zaubersprüche standen denen der Fee in nichts nach. So beschlossen alle lieber Sir Ralphus um Hilfe zu bitten. Dabei vergaßen die Tiere allerdings, dass dieser wegen seines hohen Alters ebenfalls öfters Zaubersprüche verwechselte. Auch jetzt geschah genau dies. Zuerst schwebten in der Luft fliegende Fische, dann erschienen Hamster, die wie Kängurus umhersprangen, bevor alles doch noch gut ausging. Aus ihren Leiden lernend stellten die Tiere ein Schild auf: „Zaubern strengstens verboten! Vor allem für Feen und Hexen!"

Post

Weiße Tauben brachten die tägliche Post. Das Kamel las eine Postkarte, die es kommentierte: „Unglaublich! Ein Verwandter von mir schreibt aus der Wüste, dass ihn vor ein paar Wochen ein Tourist ‚Beulenalpaka' genannt hat! Was diese Touristen sich alles erlauben!"

Alpakalinle wand sich vor Scham! Hoffentlich erwähnte der Postkartenschreiber Alpakalinles Namen nicht!

Doch für das arme Alpaka sollte es noch viel schlimmer kommen! Es erhielt einen giftgrünen Brief. Voller böser Vorahnungen öffnete es diesen schweflig riechenden Brief und las: *Tolle Überraschung! Zu Halloween komme ich Euch besuchen! Da freut Ihr Euch sicher, oder etwa nicht? Euer lieber Drache Qualmchen!* „Auch das noch!", seufzte das leidgeprüfte Alpaka.

Einhörner

Einen Tag später erzählten sich das Alpaka und das Einhorn Geschichten aus ihren jeweiligen Leben.

Das Einhorn erzählte auch von den Streichen, die es gerne machte. „Wenn der Weihnachtsmann mit seinen Rentieren gemütlich durch den Himmel fliegt, lauere ich ihnen in einer Wolke auf und pikse dann eines der Rentiere mit meinem Horn in den Po. Vor Schreck fliegt es dann so schnell, dass es schier den Weihnachtsmann aus den Schlitten schmeißt." Zufrieden kicherte das Einhorn vor sich hin.

Alpakalinle meinte spöttisch: „Na, Ihr Einhörner seid aber wirklich gefährliche Tiere!"

„Nein, wir sind nicht gefährlich, aber manchmal etwas übermütig. Übrigens: Wenn Du mal irgendwo einen ganzen Pulk von Einhörnern siehst, sei vorsichtig. Dann lauert irgendwo etwas Böses versteckt und die Einhörner wollen es vertreiben."

Leider beachtete das Alpaka diesen Rat nicht, was zu Halloween zu grausigen Überraschungen führte.

Das neue Buch

In der Nähe hörten sie ein seltsames Klappern. Eine Klapper-
schlange? Eine Horde hungriger Vögel? Das Einhorn erkundigte
sich verwundert: „Was ist denn das? Sowas habe ich noch nie gehört!
Ein merkwürdiges Geräusch."

Doch das Alpaka winkte lässig ab. „Keine Angst! Es ist nur jemand,
der Schreibmaschine schreibt!"

„Schreibmaschine? Auf einer Wiese?", entfuhr es dem Einhorn
völlig verblüfft.

„Klar", entgegnete das Alpaka. „Ich schreibe hier auf dem Hof
meine eigenen Abenteuer in der Alpaka-Reihe. Larrylinchen schreibt
seine eigene Lama-Alpaka- Buchreihe und nun ist wohl das Kamel
auch unter die Autoren gegangen und schreibt auch über seine
eigenen Erlebnisse. Wir sind hier sozusagen ein Künstlerhof. Im
Hofshop können dann die Besucher die Bücher mit unseren neuesten
Abenteuern kaufen. Auch Sir Ralphus schreibt übrigens Bücher."

„Zauberhaft!", entfuhr es dem Einhorn. Damit hatte es ganz Recht,
da die Bücher der vier Künstler tatsächlich zauberhaft waren.

Achtung!

Plötzlich begann das Horn des Einhorns in schnellem Rhythmus Rot und Weiß zu blinken.

Alpakalinle äußerte sich verwundert: „Was ist denn das? Wie bei Rettungsdiensten ein Warnsignal?"

„Stimmt", erklärte das Einhorn. „Es ist das Warnzeichen, dass ich Energie verliere."

„Ach, musst Du jetzt an eine Steckdose angeschlossen werden?", bemerkte das Alpaka hilfsbereit.

„Quatsch!", zischte das erboste Einhorn. „Es zeigt die Fütterungszeit an."

„Ach, ja?", meinte das Alpaka nachdenklich. „Bei unserem Drachen würde dann den ganzen Tag sein Horn blinken, da er nämlich immer Hunger hat!"

Wanderung

In der Zwischenzeit machten die Hofbesucher mit Ninvy eine große Wanderung durch die bezaubernde Landschaft. Solche Spaziergänge mit einem Kamel wirken sehr beruhigend auf Menschen, da sie diese der Natur wieder näher bringen und außerdem ihre innere Unrast dämpfen.

Gemütlich trabte also die Besuchergruppe mit dem Kamel durch die Gegend, während das Kamel sorgenvoll dachte: *„Es ist schön, so gemütlich zu schlendern. Aber was ist, wenn uns wieder sowas wie die Hydra überfällt? Werden die armen Touristen entkommen können? Es wäre doch echt zu schade, um diese netten Menschen.“*

Gefahren gab es ja mehr als genug in der Nähe des magischen Hofes. Was konnte da alles passieren! Vor allem solchen völlig ahnungslosen Spaziergängern, die nichts von den gefährlichen Nixen, dem Seeungeheuer und vielem anderem auch nur ahnten!

Doch jeder was er verdient und so ging der Spaziergang glimpflich aus.

Aus-Flug

Zur selben Zeit machten die Fee auf ihrem Einhorn und die Hexe auf ihrem magischen Füller im wahrsten Sinne des Wortes einen Aus-Flug durch die Lüfte. Hätten die Spaziergänger in den Himmel geblickt, würden sie wohl ihren Augen kaum getraut haben! Hoch über ihnen tollten unsere fliegenden Freunde durch die Luft, machten Loopings, Sturzflüge und viele andere Flugkunststücke.

Auf einmal setzte vor Schreck schier ihr Herz aus! Ein lautes „Tröööt!" wie von einer Schiffssirene oder einem riesigen Lastwagen ließ sie vor Überraschung schier abstürzen. Was kam da wohl hinter ihnen angeflogen? Ein UFO? Der Drache Qualmchen? Der Vogel Phönix? Nein, es war der Weihnachtsmann mit seinem neuesten Weihnachtsschlitten, ausgestattet mit einer gigantischen Hupe. „Die brauche ich inzwischen immer öfters!", rief er lachend. „Am Himmel ist oft eine drangvolle Enge und ich muss ja schnell in die Läden fliegen, um bis Weihnachten die vielen, vielen Geschenke rechtzeitig zu kaufen!"

Auf der Überholspur flog er flott an ihnen vorbei. Kaum zu glauben, wie früh der arme Weihnachtsmann schon anfangen musste, die vielen Geschenke für uns alle zu kaufen!

Überraschung

In einem weit entfernten Dorf fand ein Rodeo statt. Auf wilden Stieren und ungezähmten Pferden konnten die Dorfbesucher ihr Können mit Reitprofis messen.

Viele Menschen humpelten ächzend durch die Gegend, die den wilden Tieren nicht gewachsen waren.

Plötzlich meldeten sich zwei kleine, besonders schmächtige Mädchen aus dem Publikum und wollten auf den zwei gefährlichsten Tieren reiten. Die Reitleitung wollte ablehnen, aber das Publikum rief begeistert: „Lasst sie uns zeigen, was in ihnen steckt!"

Die grazilen Mädchen bestiegen also die Tiere. Eines saß auf einem Hengst, der schon zehn Reiter abgeworfen hatte, das andere auf einem Stier, der noch mehr Reiter schwer lädierte. Das Publikum schmunzelte und hielt Wetten ab, wie lange die beiden sich wohl halten würden. Doch zu ihrer großen Überraschung zähmten beide diese wilden Tiere. Niemand konnte das verstehen. Doch einerseits können Feen und Hexen mit Tieren sprechen und wer weiß, was die beiden den Tieren sagten, zum anderen: Wer auf einem Einhorn bzw. auf einem kleinen Füller fliegen kann, der kommt auf der Erde als Reiterin ganz locker zurecht. Denn fliegende Füller und Einhörner können auch ganz schön bockig sein.

Der Bericht

Eines Tages traf die Fee auf dem Hof das Kamel in Gesellschaft des Einhorns. Ninvy berichtete viel von den Touristen, die den Hof besuchten, um ihr Leben zu entschleunigen, in dem sie die Tiere pflegten.

„Sehr vernünftig", erwiderte die Fee. „Die Stadtbewohner leben zu sehr im Dauerstress, ein Besuch bei Euch bringt die Leutchen wieder zu einem normalen, gesunden Lebensrhythmus zurück."

Das Kamel schien die Menschen zu mögen, berichtete viel von den Hofgästen der letzten Zeit.

„Ob das Kamel mich auch so mag?", überlegte die Fee nachdenklich. Plötzlich leckte Ninvy ihr über das ganze Gesicht. „Aha, es mag mich, aber ich wünschte, es hätte dies anders gezeigt", schoss es ihr durch den Kopf.

Das Einhorn kicherte vergnügt: „Du siehst aus, wie ein begossener Pudel!"

Selbstironisch machte die Fee: „Wuff! Wuff!"

2. Klasse

Das Kamel sah stets interessiert zu, wenn die Fee auf ihrem Einhorn durch den Himmel flog.

Eines Tages sprach es die beiden beim täglichen Bürsten an: „Fliegen muss sehr schön sein."

Die Fee gab Ninvy recht: „Ja, fliegen ist wunderbar. Vor allem 1. Klasse. Die ist einfach himmlisch."

Neugierig wollte das Kamel wissen: „Gibt es auch eine 2. Klasse? Ich würde notfalls 2. Klasse fliegen, nur um auch mal mit Euch durch die Luft zu fliegen."

„Ja?", kam es vom Einhorn. „Das kannst Du gerne haben."

So starteten die drei eine Weile später in den Himmel. Die Fee reiste 1. Klasse auf dem Rücken des Einhorns. Das arme Kamel 2. Klasse, in einer Art großer Schubkarre, welche das Einhorn sehr schaukelnd durch die Luft zog. Könnten Kamele grün im Gesicht werden, wäre dies jetzt auch als Folge einer Art Seekrankheit fällig gewesen.

Später wieder auf der Erde zurück, flüsterte es ganz mitgenommen: „Jetzt weiß ich, warum Kamele nicht zu den Flugtieren gehören. UFF!"

Schwaben unter sich

Unter den Kamelen des Hofes war Ninvy wirklich mit erheblichem Abstand das größte und stärkste Kamel.

Das stärkste Kamel nicht nur von der Kraft her, es nuschelte auch von allen Kamelen am stärksten. Es nuschelte im schwäbischen Dialekt, vielleicht weil es von einer schwäbischen Kamelfarm kam.

Die anderen Kamele des Hofes foppten Ninvy deshalb gelegentlich, indem sie das arme Kamel: „Ninvyle", „Nuschi" oder „Nuschle" nannten. Doch durch den ruhigen Charakter glitt es an unseren Helden einfach ab. Das schwäbische Nuscheln verband Ninvy sehr mit Alpakalinle, welches ebenfalls ursprünglich von einem schwäbischen Hof stammte. Gelegentlich führten die beiden sogar für die anderen Tiere schwäbische Mundartstücke auf. Hofbesucher starrten dann immer völlig verständnislos auf die Tiere und fragten sich: „Was die wohl miteinander reden?"

Die Autoren

Wie schon berichtet schrieben vier der Hofbewohner Bücher, welche dann im Hofshop verkauft wurden. Vielleicht auch gerade auf dem Hof, den die geneigten Leser/innen in Kürze besuchen.

Es wäre schön, wenn die Leser/innen unsere fleißigen Autoren durch den Kauf eines Buches unterstützen würden oder am besten diese auch in ihrem Freundeskreis weiterempfehlen! Denn gerade durchs Weiterempfehlen eröffnen sich für die Autoren viele neue Leserkreise. Alpakalinle schrieb vierfüßig in seinem Stall Schreibmaschine, als gleichzeitig Ninvy auf seiner Wiese zu tippen begann. In relativer Nähe klapperten auch Sir Ralphus und Larrylinchen fleißig vor sich hin. Hofbesucher wunderten sich oft über den Schreibmaschinenlärm und fühlten sich an ein Großraumbüro voller Sekretärinnen erinnert. Oh, weh! Die leidgeprüften Hofbewohner wie z.B. der Panda hofften sehr, dass nicht noch mehr von den anderen auch noch mit dem Buchschreiben beginnen würden. Das Geklapper der vier Schreibmaschinen reichte auch schon jetzt aus, um die allerlautesten Klapperschlangen unhörbar zu machen. Oh! Die armen Klapperschlangen!

So nicht!

Eines Abends unterhielten sich Alpakalinle, Larrylinchen und Ninvy über ihre Erlebnisse der letzten Zeit. Viel hatte sich zugetragen, vor allem mit der Fee und dem Einhorn.

„Ja", sagte Alpakalinle: „Das wird ein guter 5. Band der ‚Lama – Alpaka' Reihe."

Larrylinchen gab dem Alpaka natürlich völlig selbstlos recht. Vor allem, weil es ‚Lama – Alpaka' Reihe hieß und nicht ‚Alpaka – Lama' Reihe. Ein wichtiger Unterschied. Oder nicht?

Ninvy bemerkte: „Aus meinen Abenteuern mach ich Band 1 der neuen, sensationellen ‚Kamel' Reihe. Die wird ein Riesenerfolg! Ihr werdet es sehen!"

Bestürzt riefen die beiden anderen: „Das geht nicht! Wir sind die Stammautoren des Hofes und bringen unsere Bücher zusammen mit Sir Ralphus unter dem Pseudonym Ralf Neubohn raus!"

„Stimmt", gab ihnen Ninvy begrenzt recht. „Genau das mache ich jetzt auch so."

Bevor die Diskussion weitergehen konnte, nahte das Einhorn strahlend: „Habt Ihr es schon gehört? Die Fee schreibt mit mir zusammen bald eine Buchreihe über Euren Hof! Freut Euch das?"

Das einstimmige: „Nein!", wehte das arme Einhorn schier um.

„Was haben die wohl dagegen?", fragte sich das Einhorn erstaunt. Ja, was wohl?

Stolperfee

Ein lautes Krachen und: „Aua!" ließ klar erkennen, dass die Fee nahte. Obwohl diese oft betonte, sie sei in Wirklichkeit gar nicht so ungeschickt. Eine verblüffende Ähnlichkeit, die sie mit Kleckselinchen teilte.

Freudig erzählte die Fee nun von der neuen ‚Fee – Einhorn' Buchreihe. Ein so lautes: „NEIN!" schallte ihr entgegen, dass sie umgeweht wurde.

Die Tiere erklärten nun ihre ablehnende Haltung, die durch ein freundliches: „Aber Du und das Einhorn werden in unseren Büchern öfters vorkommen", gemildert wurde. Wer will schließlich nicht öfters in Büchern vorkommen?

Als gerade alle glücklich miteinander redeten, tauchte Sir Ralphus aufgeregt auf: „Ich habe eine tolle Idee! Ich werde eine ‚Der Zauberer Sir Ralphus' Buchreihe herausgegeben, nur mit meinen eigenen Abenteuern. Super, oder?"

Ein furchtbar lautes: „NEIN!!!!" brandete ihm entgegen. Am allerlautesten schrien die Fee und das Einhorn. Warum wohl?

Als nun auch noch Kleckselinchen auftauchte, erscholl, bevor sie überhaupt reden konnte, ein so einstimmiges: „NEEEIIINNN!!!", dass sie sich verblüfft fragte: „Woher wussten wohl alle, was ich sagen wollte? Rätselhaft!"

Beratung

So langsam nahte die Zeit, wo die beiden Besucher zurück in ihr Feenreich reisen mussten. Lange beratschlagten alle, wie der Abschied am schönsten sein könnte. Alle mochten diese beiden Besucher aus dem fernen Feenreich sehr.

„Eigentlich sollten die beiden lieber hierbleiben", erklärte Larrylinchen.

„Früher oder später zieht es jeden mal nach Hause zurück", erinnerte Sir Ralphus. „Ich denke, das Heimweh wird daher bald die beiden packen."

„Wie wäre es, wenn die Fee und ich zum Abschied einen magischen Zauberwettkampf machen?", schlug Kleckselinchen vor. Das einhellige: „Nein!" konnte sie nicht ignorieren. „Schade, es wäre so zauberhaft gewesen. Wie wäre es stattdessen mit einer herzlichen Abschiedsparty?", erkundigte sich die Hexe nun.

Ein begeistertes: „Ja!" erklang. So laut, dass der arme Panda vor Schreck vom Baum fiel. *„Wie rücksichtslos die anderen sind!"*, schoss es ihm durch den schläfrigen Kopf.

Vorbereitungen

Die Vorbereitungen auf die große Abschiedsparty dauerten mehrere Tage. Der greise Sir Ralphus bastelte für die Rückreise der Fee einen Luxusschlitten. Dachte er. Die anderen Hofbewohner hielten es eher für eine Mischung aus Rollator und Kinderwagen.

Kleckselinchen schüttelte verständnislos über Sir Ralphus den Kopf: „Wenn jemand etwas nicht kann, soll er es lieber sein lassen. Das weiß doch jeder! Rumstümpern schadet nur!" Ihre Übungen mit ‚Schöner Partyzauber' liefen allerdings auch nicht besonders gut. Eine Dinosauriergruppe löste ein Erdbeben aus, als diese Stepptanz für die Hexe übte. Der Eisbär, der bei der Party Eisbecher servieren sollte, fraß stattdessen Kleckselinchens Kühltruhe leer, worin er dann zufrieden einschlief. Denn hier drin war es so angenehm kalt.

Weitere Pläne

Alpakalinle strickte dem Einhorn aus seinem eigenen Fell einen Schal aus Alpakawolle.

Das Kamel sah den Schal und erkundigte sich besorgt: „Hast Du eine Art von Mauser? Oder warum sonst wird der Schal so dünn?"

Geistesgegenwärtig sagte das strickunbegabte Alpaka: „Der wird so dünn, weil es ein Sommer-Schal wird! Was schenkst Du den beiden?"

„Einen Kamel-Rundritt durch den Hof", erwiderte Ninvy stolz.

„Aha", erwiderte das Alpaka keck. „Ich in sehr gespannt wie es aussehen wird, wenn das Einhorn auf Dir reitet."

Verblüfft schwieg das Kamel. Daran hatte es noch nicht gedacht. Na, sowas aber auch!

Weitere Geschenke

Larrylinchen beschloss den beiden Gästen für den kalten Winter schicke Nachtmützen zu häkeln. Dadurch bekamen die dann beim Schlafen keine kalten Köpfe und somit auch keinen Gehirn-rheumatismus. Sehr stolz zeigte das Lama die Mützen aus Lamafell.

„Naja", mäkelte das neidische Alpaka. „Etwas groß geworden, oder?"

„Wieso groß?", begehrte das Lama auf.

Zufällig kam gerade die völlig ahnungslose Hexe vorbei. Begeistert rief sie: „Toll! Zwei Schlafsäcke! Das können die beiden für die lange Heimreise wirklich brauchen." Mit diesem Kommentar kroch Kleckselinchen mit ihrem kompletten Körper tief in eine der Mützen.

„Naja, vielleicht sind die beiden Mützen ein ganz kleines bisschen zu groß geworden", lenkte das Lama widerstrebend ein.

Erstaunt entfuhr es der Hexe: „Mützen? Das sollen Mützen sein? Ich wusste gar nicht, dass uns Riesen besuchen kommen!"

Die Party

Heimlich gingen die Vorbereitungen weiter. In einem Heuschober versteckten die Hofbewohner die mehr oder weniger gelungenen Geschenke. Dazu gab es ein Büfett mit Speisen des Hofes. Ein besonderer Glanzpunkt war der Apfelkuchen von Kleckselinchen. Hexen sind ja bekanntlich mit Äpfeln sehr geschickt.

Eines Tages überraschten die Fee und das Einhorn die Hofbewohner in der Scheune. „Hallo! Was macht Ihr denn da? Wir wollten Euch nur kurz sagen, dass wir auf Eurem wunderschönen Hof für immer bleiben werden!"

„Hurra!", riefen alle Hofbewohner begeistert wie aus einem Mund.

Das Einhorn fuhr fort: „Und was macht Ihr die ganze Zeit in der Scheune?"

Das Kamel erwiderte prompt: „Wir haben für heute Eure Dableibfeier vorbereitet, aus Freude darüber, dass Ihr nun für immer zu uns gehört."

„Woher wusstet Ihr denn, dass wir hierbleiben?", wollte die erstaunte Fee wissen.

„Wir sind doch nicht blöd", erklärte das Kamel. „Daher war es uns klar, dass Ihr auf unserem wunderschönen Hof bleibt."

Es wurde eine unvergessliche Dableibfeier für alle! Hurra!

Autorentreffen

Eines Morgens gab es bei Kaffee und Kuchen ein Autorentreffen auf dem Hof, bei dem die beiden Schwaben Alpakalinle und Ninvy Bretzeln bzw. Laugenbrötchen bevorzugten.

Wie alle ihre Autorentreffen war es abwechslungsreich. Sie unterhielten sich darüber, welche Erlebnisse der letzten Zeit ins nächste Buch sollten und welche nicht. Es herrschte auch großes Rätselraten darüber, welches ihrer vielen neuen Bücher von 2021 wohl am meisten die Leser faszinieren würden. Diese Art von Buch sollte dann im nächsten Jahr, 2022 bevorzugt weitergeschrieben werden. Es lag also allein in der Hand der Leser/innen, welchen Schwerpunkt es bald gab. Doch was für Bücher würden die Leser dieses Jahr wohl auswählen und bevorzugt kaufen? Die Solo-Abenteuer des Alpakas? Die Lama – Alpaka Reihe? Die neue Kamel Reihe? Und dazu die spannende Frage: Welche Abenteuer innerhalb der jeweiligen Reihen gefielen den Lesern am allerbesten? Die Erlebnisse in den Ferien? Die jahreszeitlichen Abenteuer mit Osterhase, Nikolaus, Weihnachtsmann? Die Bücher mit Drachen und Hexe? Oder doch das allerneueste Abenteuer mit Fee und Einhorn? Wer konnte das schon wissen? Beim nächsten Buch wird es sich zeigen, welche Erlebnisse die Leser 2021 am Besten fanden, die dann bevorzugt fortgesetzt werden. Eine wirklich spannende Frage, auf deren Antwort unsere Freunde voller Neugier und Vorfreude warten! Bis bald?

Ausklang

Es gibt viele schöne Tierhöfe. Besuchen Sie doch mal wieder einen. Viele liebe Tiere warten dort auf Sie! Dazu viel Abwechslung und frische Luft!

Und wer weiß? Vielleicht besuchen Sie zufällig den Hof, auf welchem unsere Freunde leben! Wenn dem so ist, so richten Sie diesen bitte liebe Grüße von mir aus. Danke!

Da ich selber auch oft dort bin, treffen wir uns mit ein bisschen Glück dort alle. Die Tiere, die Leser und der Autor.

Bis Bald? Es wäre schön!

Hinweis für die Leser

Dieses Buch ist das fünfte mit den gemeinsamen Abenteuern von Alpakalinle und Larrylinchen. Weiteres Bände sind in Vorbereitung.

Bevor sich die beiden kennenlernten, erlebte Alpakalinle schon sehr viele Abenteuer, die in bisher sechs Büchern erschienen. Ein neuer Band ist geplant.

In der Reihe mit den Abenteuern des Kamels ist dies der erste Band von vielen heiteren Abenteuern.

Falls Sie einmal eines der bisher erschienen Bücher lesen oder verschenken möchten, so sind die Titel in der folgenden Übersicht aufgelistet.

Vielleicht spricht Sie ja einer davon an? Das würde Alpakalinle, Larrylinchen, Ninvy und mich sehr freuen.

Bücher von Ralf Neubohn:

Lama und Alpaka Reihe:

„Weihnachten mit Alpaka, Lama und der schussligen Hexe"

„Zauberhafte Ferien mit Alpaka und Lama"

„Der magische Hof, der Drache und die schusslige Hexe"

„Magische Stippvisite vom Drachen und der Hexe"

„Hof Gala für Fee, Einhorn und Kamel"

Alpaka Reihe:

„Die Alpakas vom Nikolaus"

„Der Nikolaus und sein Alpaka auf Tournee"

„Applaus für Alpaka und Osterhase"

„Das Comeback des geheimnisvollen Alpakas"

„Premieren-Abend mit Alpaka und Phönix"

„Das magische Alpaka und der Drache"

Kamel Reihe:

„Hof Gala für Fee, Einhorn und Kamel"

Gedichte

„Hier und Jetzt"

„Frisch gewagt"

Gedichte und Kurzgeschichten

Die zauberhaften Altbohns"

Bücher mit schwarzen Humor Gedichten

„Die Gartenschau-Morde"

„Tod auf dem Kaktus"

„Neues vom 1. April"

Kurzkrimis

„Mörderisch gut"

Gartenschau Trilogie

„Flammenfeder live von der Gartenschau"

„Gartenschau Phantasie"

„Herzlich willkommen Gartenschau"

„Galaabend für die Gartenschau"

„Abschiedsvorstellung für die Gartenschau"

„Die Gartenschau-Morde"

„Tod auf dem Kaktus"

„Neues vom 1. April"

„Gartenschau Magie"

„Die Gartenschau im Rampenlicht"

Heiteres aus dem Autorenleben

„Im Tal der Autoren"

„Alle Autoren an Bord"

„Terry ein Schotte in Schwaben"

„Die zauberhaften Altbohns"

Science Fiction/ Fantasy

„Sam Space"

„Premieren-Abend mit Alpaka und Phönix"

„Das magische Alpaka und der Drache"

„Weihnachten mit Alpaka, Lama und der schussligen Hexe"

„Der magische Hof, der Drache und die schusslige Hexe"

„Magische Stippvisite vom Drachen und der Hexe"

„Hof Gala für Fee, Einhorn und Kamel"

Jahresfeste

„Weihnachten mit dem literarischen Kleeblatt"

„Auf der Suche nach dem verlorenen Osterei"

„Weihnachten und Silvester mit Flammenfeder"

„Vorhang auf für Nikolaus, Weihnachten und Ferien"

„Bühne frei für Fasching und Halloween"

„Die Alpakas vom Nikolaus"

„Die Bettsocken vom Weihnachtsmann"

„Silvester und Weihnachtsmarkt geben sich die Ehre"

„Der Nikolaus und sein Alpaka auf Tournee"

„Applaus für Alpaka und Osterhase"

„Das Comeback des geheimnisvollen Alpakas"

„Weihnachten mit Alpaka, Lama und der schussligen Hexe"

Über den Autor Ralf Neubohn:

Ralf Neubohn hat bereits zahlreiche Bücher geschrieben bzw. herausgegeben und ist einem breiten Publikum durch regelmäßige Lesungen bekannt.

Er hat auch einen Literaturpreis gestiftet. Den „Neuen Literaturpreis Remstal".

Neubohn schreibt Krimis, Lyrik, heitere Romane und Kurzgeschichten.

Nachwort

Liebe Leser,

Sie sind nun an das Ende meines kleinen Büchleins gekommen. Ich hoffe, Sie gut und abwechslungsreich unterhalten zu haben.

Falls Sie beim Lesen auf den Geschmack gekommen sind, so gibt es von mir viele weitere schöne Bücher zum selber Genießen oder als originelles Geschenk für andere. Etwa zu Ostern, Weihnachten und Geburtstagen.

Mit freundlichen Grüßen und hoffentlich bis bald!

Ihr Ralf Neubohn